KB168869

우리 시대 현대시조 100인선 32

산에 사는 날에

조 오 현

태학사

우리 시대 현대시조 100인선 32

산에 사는 날에

초판 1쇄 발행 2001년 1월 1일 • 초판 2쇄 발행 2006년 6월 30일 • 지은이 조오현 • 펴낸이 지현구 • 펴낸곳 태학사 • 주소 경기도 파주시 교하읍 문발리 파주출판도시 498-8 • 전화 (031) 955-7580(代) • 팩스 (031) 955-0910 • e-mail thaehak4@chol.com • http://www.태학사.com • 등록 제406-2006-00008호

ISBN 89-7626-608-0 04810 • ISBN 89-7626-507-6 (세트)

값 6,000 원

경북 계림사 주지시절(1971)
(왼쪽부터 서벌, 정완영, 필자)

남명문학상 본상을 받고 환담하는 장면(왼쪽부터 김춘랑, 서벌, 박재두, 필자, 김재홍, 한 사람 건너 김교한, 김정희) (1995.12.10, 경남 진주)

◀ 해인사에서 김재홍과 함께 (1995)

▼ 양양 낙산사 해수관음상 앞에서 서벌, 박재두와 함께 (1996)

차례

내가 나를 바라보니

무금선원에 앉아
내가 나를 바라보니

기는 벌레 한 마리가
몸을 폈다 오그렸다가

온갖것 다 갉아 먹으며
배설하고
알을 슬기도 한다.

가을사경

받아드리고 있다. 받아드리고 있다.
가을 하늘은
밀물과 썰물 사이 너울을 부서뜨리며
그 바다 금린들만을 받아들이고 있다.
가을 하늘은 무슨 말로도 말할 수 없다.
가을 하늘은 무슨 말로도 말할 수 없다.
이 가을 햇볕을 일며 태금하는 새여, 새여.

무자화(無字話) · 1

하늘에는 손바닥 하나 손가락은 다 문드러지고
이목구비도 없는 얼굴을 가리고서
흘리는 웃음기마저 걷어지르고 있는거다

무자화 · 2

걷어가고 있는 거다. 걷어가고 있는거다. 때아닌
저 바다의 적조, 그리고 또 포말들을
이 겨울 밤의 마적이 걷어가고 있는거다.

무자화 · 3

누가 건방지게 침묵을 하는거다
온 몸이, 마른 하늘이 흔들리는 이 진렬
이 한낮 깊은 내 오수를 흐너뜨리고 있는거다.

무자화 · 4

백담사 무금당 뜰에
뿌리 없는 개살구 나무들

개살구 나무들에는
신물이 들대로 다 들어

그 한번
내립떠보는
내 눈의 좀다래끼

무자화 · 5

서울 인사동 사거리
한그루 키 큰 무영수

뿌리는 밤하늘로
가지들은 땅으로 뻗었다

오로지 떡잎 하나로
우주를 다 덮고 있다.

무자화 · 6

— 부처

강물도 없는 강물 흘러가게 해 놓고
강물도 없는 강물 범람하게 해 놓고
강물도 없는 강물에 떠내려가는 뗏목다리

만인고칙(萬人古則)·1

보수개당(寶壽開堂)

입을 열면 다 죽는 것 열지 않아도 다 죽는 것
언제 어디로 가나 따라 다니는 의단 덩어리
이제는 깨뜨려 버려라 말할 때가 되었다.

동산삼근(洞山三斤)

가사, 삼천대천세계의 그 칠보를 다 갖는다해도
풀먹인 살림살이 마삼근(麻三斤)도 빳빳했거늘
진실로 풀 그것까지 빨아내는 것만 할까

암두도자(岩頭渡子)

건져도 건져내어도 그물은 비어 있고
무수한 중생들이 빠져죽은 장경바다
돛내린 그 뱃머리에 졸고 앉은 사공이여

조주대사(趙州大死)

진작 찾아야할 부처는 보이지 않고
허공에서 떨어지는 저 살인도 저 활인검
한 사람 살아가는데 만 사람이 죽어있구나

향상일로(向上一路)

벗어 들 헌 짚신 그 한짝도 없이
한 생각 일사천하, 일백일십성을 다 밟아보고
그 걸음 그 몸짓으로 밀뜨린 은산철벽

북두장신(北斗藏身)

하늘에는 낙뢰소리 땅에는 낙반소리
한 장 거적대기로 덮어놓은 시방세계
그 소리 다 갖고 살아라 그냥 숨어 살아라

현사과환(玄沙過患)

다스리는 세상은 아무래도 멍에！ 멍에！
노주없는 소전거리 코를 꿰매 놓고
다 같은 소의 몸으로 목숨에도 값을 매겼네

명성견성(明星見性)

오직 저 하늘의 새벽 별만 아는 일이다
하룻밤에 만 번 죽고 만 번 사는 그 이치를
하룻밤 그 사이에 절여 놓은 이 산천을

백장야호(百丈野狐)

몇 겁을 울던 울음 모두 울어 버리고
몇 겁을 웃던 웃음 모두 웃어 버리고
시방찰 문전 앞에서 허물 벗고 가거라

착어

그 옛날 어느 스님이 천하태평을 위하여
부처를 만나면 부처를 죽이고 중을 만나면 또 중을……
결국은 그 방망이에 그도 가고 말았단다.

만인고칙 · 2

금우반통(金牛飯桶)

털갈이 길짐승 또는 날짐승이었다면
까마귀밥나무 또는 나무귀신 같은 부처여
그냥은 앉을 횃대도 죽을 목숨도 없구나

개사입욕(開士入浴)

지곡하라. 지곡하라. 곡비여 지곡하라.
삶이란 바깥바람
죽음은 강어귀 굽이
이 집안 소식도 결국 살아 생이별이다.

흠산3관(欽山三關)

철옹성의 빗장보다 굳게 닫힌
관문(關門)
관문

관문
무슨 포교처럼 지나가는 사람들을
그 모두 다 불러 놓고 점검하는 고함소리

취미선판(翠微禪板)

물으면 말을 물으면 묻는 놈은 다 죽는다
멀리 또 가까이 이 하늘을 버린 파가(罷家)
앉아서 舌刀 하나로 몇 만 명을 죽였는가

오봉병각(五峰倂却)

무슨 큰 죄 짓고 받고 싶은 화형이여
진동 항아리 비어 있는 영대여
타 버린 소산 둘레에 남아있는 검부러기

천평행각(天平行脚)

하루하루 살아갈수록 눈은 더 침침하고

한치 앞도 볼 수 없는 천야만야 생사의 간두
이제는 손을 놓아라 살아 남고 싶으면

앙산유산(仰山游山)

땅윗줄기 땅속 줄기 두메 층층이
줄기는 모가 졌고 잎은 마주 나고
뾰죽한 그 잎자루여 톱니가 있음이여

혜초문불(慧超問佛)

액막이, 독살풀이 사는 날의 대처여
도하, 장물아비 불러들인 장문이여
어쩐지 형역 같아서 내어 놓은 벼슬자리

일색변(一色邊) · 1

무심한 한 덩이 바위도
바위소리 들을라면

들어도 들어 올려도
끝내 들리지 않아야

그 물론 검버섯 같은 것이
거뭇거뭇 피어나야

* 일색변(一色邊) : 일색나변(一色那邊)의 준말로 유무색공 미오득실(有無色空迷悟得失)의 이견대대(二見待對)를 초월한 일색의 경계.

일색변 · 2

한 그루 늙은 나무도
고목소리 들을라면

속은 으레껏 썩고
곧은 가지들은 다 부러져야

그 물론 굽은 등걸에
장독들도 남아 있어야

일색변 · 3

사내라고 다 장부 아니여
장부소리 들을라면

몸은 들지 못해도
마음 하나는 다 놓았다 다 들어올려야

그 물론 물현금 한 줄은
그냥 탈 줄 알아야

일색변 · 4

여자라고 다 여자 아니여
여자소리 들을라면

언제 어디서 봐도
거문고줄 같아야

그 물론 진겁 다 하도록
기다리는 사람 있어야

일색변 · 5

사랑도 사랑 나름이지
정녕 사랑을 한다면

연연한 어울목에
돌다리 하나는 놓아야

그 물론 만나는 거리도
이승 저승쯤은 되어야

일색변 · 6

놈이라고 다 중놈이냐
중놈소리 들을라면

취모검 날 끝에서
그 몇 번은 죽어야

그 물론 손발톱 눈썹도
짓물러 다 빠져야

일색변 · 7

세상은 산다고 하면
부황이라고 좀 들어야

장판지 아니라도
들기름을 거듭 먹여야

그 물론 담장 밖으로
내놓을 말도 좀 있어야

결구 · 8

그 옛날 천하장수가
천하를 다 들었다 다 놓아도

한 티끌 겨자씨보다
어쩌면 더 작을

그 마음 하나는 끝내
들지도 놓지도 못했다더라

달마의 십면목

문성준 선사에게 드리는 시다.

언젠가 스님께서 「보리달마는 왜 수염이 없는가?」라고 물으셨다.

독살림을 하던 자가

서역, 다 줘도 쳐다보지도 않고
그 오랜 화적질로 독살림을 하던 자가
이 세상 파장머리에 한 물건을 내놓았네.

세업을 개평 다 떼이고

살아도 살아봐도 세간살이는 길몽도 없고
세업 그것까지 개평 다 떼이고
단 한판 도리를 가도 거래할 물주가 없네.

아무도 보지 못하네

바위 앞에 내어놓은 한 그릇 제석거리를

눈으로 다 집어먹고 시방세계를 다 게워내도
아무도 보지 못하네. 돌아보고 입덧을 하네.

끊어진 소식으로

한 그루 목숨을 켜는 날이 선 바람소리
선명한 그 자리의 끊어진 소식으로
행인은 길을 묻는데 일원상을 그리네

수염은 자라지 않고

매일 쓰다듬어도 수염은 자라지 않고
하늘은 너무 맑아 염색을 하고 있네.
한 소식 달빛을 잡은 손발톱은 다 물러 빠지고—.

세상길 가로 막고서

다 끝난 살림살이의 빗물리는 먼 기별에

단 벌 그 목숨도 두 어깨에 무거운데
세상 길 가로 막고서 타방으로 도망가네.

물결을 타고

그 순한 초벌구이의 단단한 토질에
먹으로 찍어 그린 대가 살아남이여
그 맑은 잔잔한 물결을 거슬러 타고 가네.

삶은 간지러워

감아도 머리를 감아도 비듬은 씻기지 않고
삶은 간지러워 손톱으로 긁고 있네
그 자국 지나간 자리 부스럼만 짙었네.

한 세계도 보지 못하고

아무리 부릅떠도 뜨여지지 않는 도신(刀身)의 눈

그 언제 박힌 명씨 한 세계도 보지 못하고
다 죽은 세상이라고 상문풀이 하고 있네.

천지간을 다 울렸어도

흙바람 먼지도 없는 강진을 일으켜 놓고
한 생각 화재뢰로 천지간을 다 울렸어도
마침내 짖지 못한 나는 상가망구였구나.

무산 심우도(霧山尋牛圖)

1. 심우(尋牛)

누가 내 이마에
좌우 무인을 찍어 놓고

누가 나로 하여금
수배하게 하였는가

천만금 현상으로도
찾지 못할 내 행방을.

천 개 눈으로도 볼 수 없는 화살이다.
팔이 무릎까지 닿아도 잡지 못할 화살이다.
도살장 쇠도끼 먹고 그 화살로 간 도둑이어.

2. 견적(見跡)

명의, 진맥으론

끝내 알 수 없는 도심(盜心)

그 무슨 인감도 없이
하늘까지 팔고 갔나

낭자히 흩어진 자국
음담 속으로 음담 속으로.

세상을 물장구치듯 그렇게 산 엄적이다
그 엄적 석녀가 지켜 외려 죽은 도산이다.
그물을 찢고간 고기 다시 물에 걸림이어.

3. 견우(見牛)

어젯밤 그늘에 비친
고삐 벗고 선 그림자

그 무형의 그 열상을

초범으로 다스린다?

태어난 목숨의 빚을
아직 갚지 못했는데

하늘 위 둔석에서 누가 앓는 천만이다
상두꾼도 없는 상여 마을 밖을 가는 거다
어머니 사련의 아들 그 목숨의 반경이여.

4. 득우(得牛)

삶도 올거미도 없이
코뚜레를 움켜 잡고

매어둘 형법을 찾아
헤맨 걸음 몇 만보냐

죽어도 한뢰로 우는

생령이어, 강도여.

과녁을 뚫지 못하고 돌아오는 명적이다
짜릿한 감전의 아픔 복사해본 살빛이다
이 천지 돌쩌귀에 얽혀 죽지 못한 운명이어.

5. 목우(牧牛)

돌도 풀도 없는
그 성부의 원야를

쟁기도 또 보삽도 없이
형벌처럼 다 갈았나

이제는 하늘이 울어도
외박할 줄 모르네.

마지막 이름 두자를 낟인할 하늘이다

무슨 그 측연으로도 잴 수 없는 바다다
다시금 반답을 하는 섬지기의 육신이어.

6. 기우귀가(騎牛歸家)

징소리로 비 개이고
동천 물소리 높던 날

한 웃음 만발하여
싣고 가는 이 소식을

그 고향 어느 가풍에
매혼해야 하는가.

살아온 죄적 속에 못살릴 그 사구다
도매할 삶을 따라 달아난 그 탈구다
그 무슨 도필을 잡고도 못 샛길 음양각이어.

7. 망우존인(忘牛存人)

과태료 백 원 있으면
침 뱉아도 좋은 세상

낚시를 그냥 삼킨들
무슨 걸림 있으리까

살아온 생각 하나도
어디로 가 버렸는데……

눈감고도 갈 수 있는 이승의 칼끝이다
천만개 칼만 벼르는 저승의 도산이다.
이·저승 다 팔아 먹고 새김질하는 나날이어.

8. 인우구망(人牛俱忘)

히히히 호호호호

으히히히 으허허허

하하하 으하하하
으이이이 이 흐흐흐

껄껄걸 으아으아이
우후후후 후이이

약없는 마른 버짐이 온 몸에 번진거다
손으로 짚는 육갑 명씨 박힌 전생의 눈이다
한 생각 한 방망이로 부셔버린 삼천대계여.

9. 반본환원(返本還源)

석녀와 살아 백정을 낳고
금리 속에 사는 뜻을

스스로 믿지를 못해

내가 나를 수감했으리

몇 겁을 간통 당해도
아, 나는 아직 동진이네.

길가의 돌사자가 내 발등을 물어
놀라 나자빠진 세상 일으킬 장수가 없어
스스로 일어나 앉아 만져보는 삶이여.

10. 입전수수(入廛垂手)

생선 비린내가 좋아
견대 차고 나온 저자

장가 들어 본처는 버리고
소실을 얻어 살아볼까

나막신 그 나막신 하나

남 주고도 부자라네.

일금 삼백 원에 마누라를 팔아먹고
일금 삼백 원에 두 눈까지 빼 팔고
해돋는 보리밭머리 밥 얻으러 가는 문둥이어, 진문둥이어.

무설설(無說說) · 1

강원도 어성전 옹장이
김 영감 장렛날

상제도 복인도 없었는데요 30년 전에 죽은 그의 부인 머리 풀고 상여잡고 곡하기를 “보이소 보이소 불집같은 노염이라도 날 주고 가소 날 주고 가소” 했다는데요 죽은 김 영감 답하기를 “내 노염은 옹기로 옹기로 다 만들었다 다 만들었다” 했다는 소문이 있었는데요

사실은
그날 상두꾼들
소리였데요.

무설설 · 2

동해안 대포
한 늙은 어부는

바다에 가면 바다
절에 가면 절이 되고

그 삶이 어디로 가나
파도라 해요.

무설설 · 3

외설악 천불동 계곡을
좋다는 말 하지 말라

거기 반석에 누워
하늘을 바라 보다가

흐르는 반석 밑으로
물소리나 들을 일을…….

무설설 · 4

내원암 무설전 벽화
누가 그렸나

황새 한 마리
눈 먼 잉어를 물고

그 화공 돌아오기를
목을 꼬고 있더군요.

무설설 · 5

지난 달 초이튿날 한 수좌가 와서
달마가 서쪽에서 온 뜻을 묻길래
내설악 백담 계곡에는 반석이 많다고 했다.

산일(山日)·1

우리 절 밭두렁에
벼락맞은 대추나무

무슨 죄가 많았을까
벼락맞을 놈은 난데

오늘도 이런 생각에
하루 해를 보냅니다.

산일 · 2

해장사 해장 스님께
산일 안부를 물었더니

어제는 서별당 연못에
들오리가 놀다 가고

오늘은 산수유 그림자만
잠겨 있다, 하십니다.

산일 · 3

한나절은 숲 속에서
새 울음 소리를 듣고

반나절은 바닷가에서
해조음 소리를 듣습니다

언제쯤 내 울음소리를
내가 듣게 되겠습니까.

화두

하늘도 없는 하늘 말문을 닫아 놓고
빗돌에서 걸어나와 오늘 아침 죽은 남자
여자도 죽은 저 여자도 빗돌에서 나왔는가.

파아란 빛깔이다. 노오란 빛깔이다.
빠알간 빛깔이다. 시커먼 빛깔이다.
보석도 천개의 보석도 놓지 못할 빛깔이다.

무수한 죽음 속에 빛깔들이 가고 있다.
삶이 따라가면 까무러치게 하는 그것,
내 잠을 빼앗고 사는 유령, 유령들이다.

재 한 줌

어제, 그끄저께 영축산 다비장에서
오랜 도반을 한 줌 재로 흩뿌리고
누군가 훌쩍거리는 그 울음도 날려 보냈다.

거기, 길가에 버려진듯 누운 부도
돌에도 숨결이 있어 검버섯이 돋아났나
한참을 들여다 보다가 그대로 내려왔다.

언젠가 내 가고 나면 무엇이 남을건가
어느 숲 눈먼 뻐꾸기 슬픔이라도 자아낼까
곰곰히 뒤돌아 보니 내가 뿌린 재 한 줌 뿐이네.

산에 사는 날에

나이는 뉘였뉘였한 해가 되었고
생각도 구부러진 등골뼈로 다 드러났으니
오늘은 젖비듬히 선 등걸을 짚어본다.

그제는 한천사 한천스님을 찾아가서
무슨 재미로 사느냐고 물어 보았다
말로는 말 다할 수 없으니 운판 한번 쳐보라,
했다.

이제는 정말이지 산에 사는 날에
하루는 풀벌레로 울고 하루는 풀꽃으로 웃고
그리고 흐름을 다한 흐름이나 볼일이다.

미천골 이야기로

강원도 양양땅 선림원지에 갔다 왔다
한 때 천여 대중이 살았다는 말이 있어
한참을 돌아다 보았다 돌아다 보았다.

돌덩이가 탑이었나 탑이 돌덩이었나
버려진 하나 복련석 손을 짚어 보았다
얼마나 많은 아픔이 남아야 탑신이 되나

절은 허물어졌어도 절은 거기 있었다
한여름 사람사람들 피서를 즐기고 가는
그 옛날 뜨물이 흐르는 미천골 이야기로—.

산창을 열면

화엄경 펼쳐 놓고 산창을 열면
이름 모를 온갖 새들 이미 다 읽었다고
이 나무 저 나무 사이로 포롱포롱 날고……

풀잎은 풀잎으로 풀벌레는 풀벌레로
크고 작은 푸나무들 크고 작은 산들 짐승들
하늘 땅 이 모든 것들 이 모든 생명들이……

하나로 어우러지고 하나로 어우러져
몸을 다 드러내고 나타내 다 보이며
저마다 머금은 빛을 서로 비춰 주나니……

근음

일찍이 초의선사는 이세상 가는 법을
홀로거나 둘이거나 물끓이는 일이라니
인생은 별 것 없어라 녹차 한 잔 들고 가네
정녕 내가 머물 곳은 어촌주막 같은 곳
하루는 종놈되고 또 하루는 종년되어
무시로 음식 찌꺼기나 얻어 그냥 좋아할 일이다.

파지(把指)

조실스님 상당을 앞두고
법고를 두드리는데

예닐곱 살 된 아이가
귀를 막고 듣더니만

내 손을
가만히 잡고
천둥소리 들린다 한다.

출정(出定)

경칩, 개구리
그 한 마리가 그 울음으로

방안에 들앉아 있는
나를 불러 쌓더니

산과 들
얼붙은 푸나무들
어혈 다 풀었다 한다.

겨울 산짐승

동지 팥죽 먹고 잡귀 다 몰아내고
조주대사 어록을 읽다가 잠이 들다

우두둑 설해목 부러지는
먼 산 적막 속으로

파도

밤 늦도록 불경을 보다가
밤 하늘을 바라보다가

먼 바다 울음 소리를
홀로 듣노라면

천경 그 만론이 모두
바람에 이는 파도란다.

인천만 낙조

그날 저녁은 유별나게 물이 붉다붉다 싶더니만
밀물때나 썰물때나 파도 위에 떠 살던
그 늙은 어부가 그만 다음날은 보이지 않데.

타향

세상에서 제일 높은 성곽
또 제일 큰 대궐
색계의 모든 하늘
이불로 덮고 살아도
그 목숨 다할 때에는
하룻밤 객침인 것을.

낯선 어촌주가
일만파도를 베고 누워
해조음 다 멎도록
잠이 든다 하더라도
그 또한 깨어날 때는
하룻밤 객침인 것을.

사실 이승의 삶은
그 모두 타향살이
온 곳도 갈 곳도
아는 사람은 없고

고단한 식솔 데리고
날품팔이 하는 곳.

내 삶은 헛걸음

간혹 대낮에 몸이 흔들릴 때가 있다
땅을 짚어봐도 그 진도는 알 수 없고
그럴 때—ㄴ 눈 앞의 돌도 그냥 헛 보인다.

언젠가 무슨 일로 홍릉가던 길목이었다
산사람 큰 비석을 푸석돌로 잘못 보고
발길로 걷어차다가 다칠 뻔한 일도 있었다

또 한번은 종로종각 그 밑바닥에서였다
누군가 내버린 품처 없는 한 장 통문
그 막상 다 읽고 나니 내가 대역죄인 같았다.

그 후론 정말이지 몸조심한다마는
진도가 심할 때는 어쩔 수 없이 또 흔들리고
따라서 내 삶도 헛걸음 헛보고 헛딛는다.

침목(枕木)

아무리 어두운 세상을 만나 억눌려 산다해도
쓸모 없을 때는 버림을 받을지라도
나 또한 긴 역사의 궤도를 바친
한 토막 침목인 것을, 연대인 것을

영원한 고향으로 끝내 남아 있어야 할
태백산 기슭에서 썩어가는 그루터기여
사는 날 지축이 흔들리는 진동도 있는 것을

보아라, 살기 위하여 다만 살기 위하여
얼마만큼 진실했던 뼈들이 부러졌는가를
얼마나 많은 사람들이 파묻혀 사는가를

비록 그게 군림에 의한 노역일지라도
자칫 붕괴할 것만 같은 내려앉은 이 지반을
끝끝내 받쳐온 이 있어
하늘이 있는 것을, 역사가 있는 것을.

보리타작 마당에서

타작마당에 가면
아주 못 살게 하는 것이 있다.
그 옛날 보릿고개
배가 고파 비벼댔던
아직도 내 목에 걸려 있는
풋보리 그 가시라기

만약 사람을
도리깨로 다스린다면
한 40년 잘못 살아온
내 죄는 몇 가마니나 될까
그 한번 모조리 훑고 떨어서
담아보고 싶어라

내 친구 김바위
타작마당에 가 보니
빚더미 그 높이 만큼이나
쌓아놓은 보리가마

그 죄는 허접한 쭉정이
불을 질러 버리더라

실일

어릴 때 생각으로 팽이채를 움켜잡고
세상사 돌아보니 매들은 죄인만 같아
사는 날 무슨 흥심같은 것들 모두 놓고 말았네

장부가 사내대장부가 흥심을 잃은 날도
매맞은 팽이는 빙판 위에서 돌고
그 물론 빙판 밑으로 물은 흘러 가더라

견춘 3제

1. 봄의 불식(不識)

이 몸 사타구니에 내돋친 붉은 발진
그로 인하여 짓물러 다 빠진 어금니
내 불식 하늘 가장자리 아, 황홀한 육탈이여.

2. 봄의 역사

내 말을 잘라버린 그 설도(舌刀), 참마검도
내 넋을 다 앗아간 그 요염한 독버섯도
젠장할 봄날 밤에는 꽃망울을 맺더라.

3. 봄의 소요

목마르다. 목마르다. 꽃의 내분비에도
해마다 봄이 오면 잦아지는 내 목숨의 조고
올해도 한바탕 소요로 꽃은 올 모양이다.

고향당 하루

하늘빛 들이비치는 고향당 루마루에
대오리로 엮어 만든 발을 드리우니
오늘 이 하루도 그냥 어른어른거린다.

비스듬히 걸린 벽화, 신선도 한 폭
늙은 사공은 노도를 놓고 의주와 같이 흐르고
나는 또 어느 사이에 낙조가 되었다.

치악 일경

— 정휴선사에게

그언제 어떤 대장장이가
쇳물을 부어서

일출사 부처님 조성
월출사에는 종을 달고 ……

한 억년
소식 없더니
치악에서 빗물이하데

관등사

이세상 그 누가 고고성 없이 왔을까마는
이천오백여 년 전에 오신 동불 그 울음은 아직도
오로지 온누리에 충만해 있음이여.

나무며 풀잎들이며 이 모든 유정무정들
다시 태어나는 크나큰 기쁨 하나로
저마다 축복을 안고 법열에 젖어 있구나.

찬물에 목욕하고 옷도 갈아 입고
불단, 공손하니 꽃공양 올리면
그 맑은 다기물 위로 둥두렷이 뜨는 마음

어둔 밤 등불 드는 이치를 떠올리며
대주 목으로 팔모등을 아들 목으로 큰 수박등
딸이사 연꽃 같아서 연등 다는 모정들

불두화 붉은 꽃물 터뜨려 놓은 천지간에
손에 지등, 맘엔 심등 탑을 도는 선남선녀

정토는 따로 없어라 출렁이는 관등물결.

한세상 사는 것이야 꿈으로 치부하고
끊어질듯 이어질듯 애타는 독경소리
손 모은 원념 밖으로 이승도 저승도 다 떠내려가네.

내가 쓴 서체를 보니

지난 날 내가 쓴 반흘림 서체를 보니
적당히 살아온 무슨 죄적만 같구나
붓대를 던져버리고 잠이나 잘 걸 그랬던가.

이날토록 아린 가슴을 갈아놓은 피의 먹물
만지, 하늘 펼쳐놓자 역천인가 온몸이 떨려
바로 쓴 생각조차도 짓이기고 말다니!

일색과후

나이는 열두 살
이름은 행자

한나절은 디딜방아 찧고
반나절은 장작 패고……

때때로 숲에 숨었을
새 울음소리 듣는 일이었다

그로부터 10년 20년
40년이 지난 오늘

산에 살면서
산도 못 보고

새 울음 소리는커녕
내 울음도 못 듣는다.

해설 마음과 싸우기의 어려움과 아름다움

-조오현 시조의 의미-

이 문 재

시인

도무지 마음의 갈피가 잡히지 않을 때면 좋아하는 것들을 하나하나 적어보는 버릇이 있다. 그 목록들을 소리내어 읽으며 그때마다 떠오르는 이미지에 기대어, 흩어진 마음들을 불러모은다. 그 목록 가운데 이런 것이 있다. 선방에 앉아 용맹정진하는 스님의 뒷모습, 그 꼿꼿한 척추!

선방 스님의 빈틈없는 뒷모습을 실제 본 적이 있다. 삼십대 초반 무렵, 지리산 실상사에서 선방 스님 수십 분이 모여 간화선을 '화두'로 놓고 삼엄한 토론회를 벌였는데, 분에 넘치게도 그 자리를 지켜볼 수 있는 기회가 있었다. 그로부터 10년 가량 흐른 지금, 스님들 사이에 오간 말씀들은 '돈오냐, 점수냐'라는 짧은 문장으로 남아 있는 반면, 그때 보았던 스님들의 뒷모습은 무시로 생생하게 떠올랐다. 축 쳐져 있는 내 마음의 등뼈를 일으켜 세우게 하던

잿빛 서늘함이라니!

아마, 나는 선방 스님들의 뒷모습에서 사내다움을 훔쳐보았는지도 모른다. 한번도 만나본 적이 없는 오현 스님의 시조집 『산에 사는 날에』를 읽으며, 지리산에서 지켜보았던 선방 수좌들의 청정한 눈빛이 떠오르는 것도 오현 스님의 시 세계에서 두드러지는 사내다움에 있는지도 모른다. 여기서 한마디 전제를 달아야겠다. 내가 지금 말하는 '사내/사내다움'은 여성을 지배하거나 여성과 길항하는 남성이 아니다. 남성 우월주의를 강조, 강화하기 위해 사내라는 '날것의 언어'를 동원하는 것이 아니다. 이 글에서 사내는 인간의 다른 표현으로 읽혀졌으면 한다. 인간이라는 단어가 풍기는 추상적이고 관념적인 분위기를 씻어내고 싶은 것이다. 인간이 개념어라면, 사내는 살아숨쉬는 구체적인 생명의 한 상태가 아닐 것인가, 라고 나는 생각하는 것이다.

기실, 사내라는 단어는 세속적이고, 심지어 상스럽기까지 하다. 그러나 사내라는 말이 스님과 겹쳐질 때, 사내라는 말에 덧씌워져 있는 많은, 낡은 의미들이 벗겨져 나간다고 나는 생각한다. 우악스러움, 무분별함, 힘에의 의지 따위가 떨어져나가는 대신, 사내로서의 스님에게서는 존재의 혁명적 변화를 위해 자신의 모든 것을 내던지는 투사의 이미지가 선명해지는 것이다. 흐트러진 마음을 한 군데 집중시켜, 그 마음 하나로 잘 벼려진 칼 한 자루를 만들어내는 과정이 사내의 삼엄함이 아니고 무엇이랴. 스님은 사내인 것이다.

여기, 일주문을 통과하며 세속의 사내를 내려놓고, 분연히 마음과 싸워 이겨 우주적 무애(無涯)로 우뚝서려는 '사내'가 있다. 시적 화자와 시인 사이의 거리는, 작가와 소설 사이의 거리에 견주어 짧거나 희미하다. 그리하여 거개의 시들은 굳이 그 거리에 유의하지 않아도 좋을 때가 많다. 오현 스님의 시조집 『산에 사는 날에』가 그 대표적인 경우다. 이 시집 안에 등장하는 시적 화자는 시인 조오현인 동시에 스님 오현이기도 하다.

「일색변(一色邊)」 연작은 시인/스님이 설정하고 있는 완성된 사내의 경지를 구체적으로, 그러나 매우 넉넉한 부피로 드러낸다. 물론 이때의 사내는, 앞에서도 언급했거니와 '내가 나를 장악한' 상태의 인간이다. 깨우친 존재다. 「일색변」은 그리하여 헌걸찬 동시에 매우 섬세한 사내의 안팎이 그려진다. 전체와 부분을 한꺼번에 꿰뚫는 눈(眼)이 있으며, 거칠 것 없고 가차없는 자신감이 있고, 가여운 존재에 대한 연민이 있다.

무심한 한 덩이 바위도
바위소리 들을라면

들어도 들어 올려도

끝내 들리지 않아야

그 물론 검버섯 같은 것이
거뭇거뭇 피어나야

—「일색변·1」 전문

토굴에서 용맹정진하는 수행자의(혹은 수행자를 위한) 자경문이다. 그러나 앞뒤가 콱 막힌 비인간적 자경문이 아니다. 빙그시 웃음이 번지는, 인간의 얼굴을 한 경계(警戒)이다. 들어올려지는 바위가 바위가 아닌 것처럼, 마음도 들어올려지면 안된다. 들어올려지기는커녕 흔들려서도 안 된다. 마음을 집중하고, 그 마음의 끝까지 가, 그 마음을 뛰어넘으려는 마음은 그러나 수시로 '다른 마음'의 개입과 간섭에 시달린다. 그 개입과 간섭은 집요한 유혹이다. 마음과의 싸움의 대부분이 어디서 오는지 알 수 없는 숱한 유혹과의 싸움이다. 절대 흔들리지 말라는 이 뜨거운 가르침을 몸소 실천하고 "무심한 한 덩이 바위"가 되기란 여간 어렵지 않다. 바위 표면, 그러니까 수행자의 얼굴에 생겨난 검버섯은 그 싸움의 치열함을 나타내는 '무공훈장'이 아닐까. 다시 말해, 검버섯을 피워낼 만큼의 지독한 싸움없이는 '무심'을 성취할 수 없다는 지긋한 반어법인 것이다.

「일색변」 연작은, 바위의 다양한 변주이다. 바위는 고목으로, 사내 장부로, 여자로, 사랑으로, 스님으로, 삶으로 변화하면서 저마다 '~다움'의 경지를 일러주고 있다. 그런데 흥미롭게도 후렴귀 같은 "그 물론"에서 일대 반전을 이루고 있다. 「일색변 · 3」을 보자.

사내라고 다 장부 아니여
장부소리 들을라면

몸은 들지 못해도
마음 하나는 다 놓았다 다 들어올려야

그 물론 물현금 한 줄은
그냥 탈 줄 알아야

"그 물론" 이후에 제시되는 조건은 동양화로 치면 화룡점정에 해당한다. 마음을 장악했다 하더라도 물현금을 연주할 수 있는 여유와 신명이 없다면 사내가 아니라는 질책이다. 이 연작시들의 1, 2연이 필요조건이라면 3연은 충분조건이다. 이 필요충분조건을 두루 갖출 때, 바위는 바위답고, 고목은 고목다우며, 스님은 스님답다는 것이다.

「산에 사는 날에」는 크게 네 가지 주제로 다시 정돈할 수 있다. 위에서 살펴본 사내/스님다움의 경지를 노래한 것이 첫 번째 큰 주제이고, 두 번째는 '나'와 '또다른 나'가

치열하게 다투는 현장을 다룬 시편들이다. 세 번째는 수행의 '그늘'을 비판적으로 성찰하는 시편들, 네 번째는 자기 삶을 반성하는 일련의 기록이다(여기서 주제의 순서가 주제의 크기를 지시하는 것은 아니다).

그 옛날 천하장수가
천하를 다 들었다 다 놓아도

한 티끌 겨자씨보다
어쩌면 더 작을

그 마음 하나는 끝내
들지도 놓지도 못했다더라

「일색변」 연작을 매듭짓는 「결구·8」의 전문이다. 모든 갈등의 근원인 이분법적 세계를 초월한 '만물일여'의 세계에 도달하기 위해 체득해야 할 조건과 그 활발한 경지들을 일깨우는 연작시의 대단원은 마음 다스리기의 지난함을 다시 환기시키고 있다.

마음과 싸워, 마침내 마음으로부터 자유자재스러워지는 일련의 과정을 '대중화'한 것이 저 유명한 「심우도」이다. 마음을 소에 빗대, 소를 발견하고 소를 길들여, 마침내는 소로부터 벗어나는 과정을 10단계로 나눈 것인데, 오현 스님은 이 「심우도」를 도주한 범인을 수사, 체포하는 상황으로 재설정해 「무산 심우도(霧山尋牛圖)」를 전개한다.

「1. 심우(尋牛)」에서 '나'는 알지 못할 그 누군가로부터 죄인으로 낙인찍혀 수배당한다. "천만금 현상"이 걸려 있지만 아무도 '나'의 행방을 찾아내지 못할 것이라고 단정한다. 왜냐하면 '나'의 행방은 "천개의 눈으로도 볼 수 없는 화살"이며 "팔이 무릎까지 닿아도 잡지 못할 화살"이며 "도살장 쇠도끼 먹고 그 화살로 간 도둑"이기 때문이다. 「무산 심우도」는 원래의 「심우도」에 비해 매우 긴박하고 비장하다.

도주한 범인, 즉 마음의 흔적을 「2. 견적(見跡)」에서 발견하는데, 그것은 "끝내 알 수 없는 도심(盜心)"이다. 그 마음은 "세상을 물장구 치듯 그렇게" 살다가 죽었지만 "그 물을 찢고간 고기 다시 물에 걸"리는 형국이다. 마침내 "한 생각 한 방망이로" 삼천대계를 부숴버리지만(「8. 인우구망(人牛俱忘)」) 범인은 잡히지 않는다. 「9. 반본환원(返本還源)」의 2~4연을 옮겨본다.

스스로 믿지를 못해
내가 나를 수감했으리

몇 겁을 간통 당해도
아, 나는 아직 동진이네.

길가의 돌사자가 내 발등을 물어
놀라 나자빠진 세상 일으킬 장수가 없어
스스로 일어나 앉아 만져보는 삶이여.

돌사자가 발등을 무는 사태는 어떤 사태인가. '나'의 발등을 물었는데 왜 세상이 나자빠지는 것일까. 그리고 또, 왜 세상을 일으킬 장수가 없는 것일까. 「8. 인우구망」에서 호탕한 웃음으로 '게송'을 읊으며 "한 생각 한 방망이"를 얻었지만, 「9. 반본환원」에 이르르면, 그 한소식이 불구임이 드러난다. 돌사자가 발등을 무는 까닭은, 그의 깨달음이 진정한 깨달음이 아니었기 때문이다. 진정한 깨달음(상구보리)을 얻었다면, 돌사자가 나자빠졌어야 할 것이며, 설령 돌사자가 발등을 물어 세상이 자빠졌다고 해도, 다름아닌 '내'가 세상을 일으켜 세웠어야(하화중생) 한다. 그러나 "스스로 믿지를 못해 내가 나를 수감"한 상태에서 이룬 거짓 깨달음이어서, 다시 혼자 일어나 앉아, 일으키지 못하는 세상 대신, 자신의 삶을 "만져보는" 것이다. 그리하여 「무산 심우도」의 결말인 「10. 입전수수(入廛垂手)」는 역설이다. '파계'이다. 구도의 길 끝에서 '우화등선'하기는 커녕 "문둥이"가 된다.

생선 비린내가 좋아
견대 차고 나온 저자

장가 들어 본처는 버리고
소실을 얻어 살아볼까

나막신 그 나막신 하나
남 주고도 부자라네.

일금 삼백 원에 마누라를 팔아먹고
일금 삼백 원에 두 눈까지 빼 팔고
해돋는 보리밭머리 밥 얻으러 가는 문둥이어, 진문둥이어.

그러나 이 '파계'는 결코 파계가 아니다. 진정한 출가이다. 화살 같은 마음을 좇아 인간의 언어로 번역되지 않는 호방한 웃음 끝에 한소식을 얻었지만, 그 한소식은 진정한 깨달음이 아니었다. '나'는 다시 시작할 수밖에 없다. 「무산 심우도」는 완성된 원이 아니다. 깨달음[頓悟] 이후가 아니다. 그것은 "마누라"로 대표되는 속세의 인연을 끊고 "두 눈"으로 대표되는 미망을 잘라버리고 "해돋는 보리밭머리"에서 탁발을 떠나는 새로운, 끝없는 출발이다[漸修].

나 같은 독자가, 오현 스님이 들어가 본, 혹은 들어가 있는 마음의 깊이를 짐작하기란 쉽지 않다. 나 같은 세인들은 스님이 등정해본 마음의 산정을 올려다보기조차 힘들다. 하지만 지금 우리가 읽고 있는 것은 경(經)이 아니라, 시정의 서점에 진열되는 시집이어서, '조오현의 시세계'에 한정할밖에 다른 도리가 없다. 내가 불교 공부가 깊었다면, 스님의 시세계와 불교와의 연관을 넓고 깊이 있게 탐사할 수 있었을 테지만, 나는 눈이 어두운 '독자'일 따름이다. 그리하여 스님보다는 시인의 향기가 훨씬 짙은 「무설설(無設說)」 연작이나 「산일(山日)」 연작 앞에서 마음이 환해진다.

동해안 대포
한 늙은 어부는

바다에 가면 바다
절에 가면 절이 되고

그 삶이 어디로 가나
파도라 해요.

—「무설설 · 2」 전문

해장사 해장 스님께
산일 안부를 물었더니

어제는 서별당 연못에
들오리가 놀다 가고

오늘은 산수유 그림자만

잠겨 있다, 하십니다.

—「산일 · 2」 전문

스님과 시인은 가까우면서도 멀다. 스님들이 언어와 싸워 마침내 언어를 버린다면, 시인들은 언어와 싸워 끝끝내 언어를 끌어안는다. 그런데 이것이 사실일까? 스님들에게 언어는 도구일 뿐일까. 시인들에게 언어는 과연 목적 그 자체일까. 수행자들이 목숨을 건다는 마음과의 싸움은 실제로 언어와의 싸움이 아닐까. 화두를 드는 참선(看話)이란, 그 난데없는 언어의 충격을 자기 언어화하는 것에서 출발하는 것이 아닐까. 다시말해 도무지 넌센스일 따름인 화두를 비틀어 자기에게 가장 절실한 질문을 만들어내는 과정이 진정한 참선이 아닐까. 질문은 철저하게 언어의 영역이다. 그리고 그 질문에 대한 답을 구축하는 과정 또한 언어에서 한 발자국도 벗어날 수 없다.

'질문 안에 답이 있다'는 명제는 친절하지 않다. 자칫 오해를 불러일으키기 쉬운 이 명제는 '제대로 만들어진 질문만이 참다운 답변을 구할 수 있다'라는 새로운 명제로 바뀌어야 한다. 언어도단(言語道斷)도 마찬가지다. 언어가 도달할 수 없는 상태나 지점은 없을지도 모른다. 다만 제대로 된 언어가 아닌, 남의 언어, 낡은 언어, 그릇된 언어로는 진정한 깨달음의 영역에 도달할 수 없다는 반어법일지도 모른다. 묵언도 다르지 않다. 무조건 말을 버리라는 메시지는 아닐 것이다. 말을 억제함으로써 그 숱한 말(마음)들이 어떻게 발생하고 작동하는지를 관찰한 다음, 절실한 말만을 하라는 가르침일 것이다. 무소유가 아무 것도 갖지 말라는 것이 아니라, 정말 필요한 것만을 가지라는 말씀인 것처럼.

잡설이 길어졌다. 절 밭두렁에 벼락을 맞은 채 서 있는 대추나무를 보고 "무슨 죄가 많았을까 벼락맞을 놈은 난데"(「산일 · 1」)라며 뉘우치는 스님의 내면 풍경 앞에서 두 손을 모으면서, 마지막으로 한 가지만 지적하고자 한다. 언어에 관한 문제다. 「무산 심우도」 연작 가운데 「8. 인우구망」의 1~3연에 나오는 '온갖 웃음'은 과연 무엇을 의미하는 것일까. 나는 감히 두 가지로 해석하고자 한다. 먼저 「산일」 연작을 쓰는 '시인 오현'의 입장이다. 이 입장에서 저 '웃음들'은 언어에 대한 절망일지 모른다. 도저히 언어로 감당할 수 없는 대상이나 국면이 있다는 도저한 고백일 것이라는 짐작. 두 번째는 "결국은 그 방망이에 그도 가고 말았단다"(「착어」)라고 일갈하는 '스님 오현'의 입장인데, 이때 저 '온갖 웃음들'은 어설픈 화두를 붙들고 한눈팔고 있는 '땡중'들에 대한 야유인지도 모른다.

최근 서울 조계사 대웅전에서 '간화선 대토론회'가 열렸다. 대웅전에 앉아 스님들과 학자, 재가불자들이 간화선이란 무엇인가, 지금 왜 간화선인가, 간화선의 미래는 있는

가를 놓고 열띤 토론을 벌이고 있는데, 어디선가 청아한 새소리가 들리는 것이었다. 고개를 들어보니, 대웅전 천정을 가득 메운 연등 사이에서 포르릉— 참새 두 마리가 내려앉는 것이었다. 밖에서 날아온 참새들이 앉은 곳은 뒤주였다. 신도들이 시주한 쌀을 받아놓는 뒤주. 부처님께 바치고 간 귀한 정성을 쪼아먹는 참새는 불성이 있어 보였다. 참새들이 대웅전에 내려놓고간 몇마디 '짹짹' 소리가 '대토론회'보다 신선하게 들렸다. 나는 그 자리에서 그 참새 소리를 듣고 깨우친 선지식들이 있을 것이라고 믿고 있다.

이 어줍잖은 글에도 저 조계사 대웅전에 날아들었던 참새 소리 같은 것이 단 한 마디라도 있었으면……. 만일 없다면, 이 글 역시 한낱 '대토론회'에 불과할 것이고, 그것은 전적으로 나의 책임이다.

조오현 연보

법명 : 무산(霧山).　　자호 : 설악(雪嶽)

1932년　출생.

1937년　절간 소머슴으로 입산.

1959년　조계종 승려가 됨.

1968년　시조문학 천료(66~68).

1978년　시조집(심우도) 상재.

1977년~2000년　현재까지 설악산 산감.